鬧鬼圖書館6

打火英雄

EXIT

FIRE DEPT.

愛倫坡獎得主桃莉‧希列斯塔‧巴特勒作品

郭庭瑄 ◎ 譯

晨星出版

幽靈語彙

膨脹（expand）
幽靈讓身體變大的技巧

發光（glow）
幽靈想被人類看到時用的技巧

靈靈棲（haunt）
幽靈居住的地方

穿越（pass through）
幽靈穿透牆壁、門窗和
其他踏地物品（也就是實體物品）的技巧

縮小（shrink）
幽靈讓身體變小的技巧

反胃（skizzy）
幽靈肚子不舒服時會有的症狀

踏地人（solids）
幽靈用來稱呼人類的名稱

嘔吐物（spew）
幽靈不舒服吐出來的東西

飄（swim）
幽靈在空中移動時的動作

靈變（transformation）
幽靈把踏地物品變成幽靈物品的技巧

哭嚎聲（wail）
幽靈為了讓人類聽見所發出的聲音

第一章

嗨！克萊兒的爸爸

晚餐吃到一半，克萊兒的手機突然震動起來，打斷了她爸媽之間的重要談話。凱斯、小約翰、貝奇和科斯莫全都在餐桌上方盤旋。

「不行，克萊兒，」克萊兒媽媽在克萊兒準備伸手去拿手機時說道：「妳知道規矩，吃飯的時候不可以講電話。」

「可是搞不好有案子啊！」克萊兒說。

「客戶可以等。」克萊兒媽媽回答：「我跟妳爸爸不會在吃晚餐的時候接案，妳也不用。」她一邊說，一邊伸出手。克萊兒的父母在圖書館樓上的自宅經營一家偵探事務所，還立了一條「晚餐時不准工作」的嚴格規定。

克萊兒低聲嘟嚷著，乖乖把手機交給媽媽。

「吃完飯後就會還妳。」克萊兒媽媽保證。她把手機放在大腿上，接著轉過去對克萊兒的爸爸說：「我們剛才說到哪啦？」

「妳說妳小時候看得到幽靈，」克萊兒爸爸說：「真正的、活生生的幽靈。」凱斯看得出來，克萊兒爸爸不是很相信這件事。

「哦，對，沒錯。」克萊兒媽媽一邊說，一邊用叉子捲起義大利麵，「我大約是在九歲左右開始

看到的，就是克萊兒現在的年紀。」

「妳也是在那個年紀開始看得到幽靈的嗎？」克萊兒爸爸問凱倫奶奶，凱倫奶奶是克萊兒媽媽的媽媽。

「沒錯，」凱倫奶奶回答：「但我不記得是八歲還九歲了，反正差不多是那個時候。」她又吃了一口義大利麵。

「不過妳們兩個現在都看不到了。」克萊兒的爸爸不斷用眼神來回打量這對母女。

「對啊。」她們倆異口同聲地回答。

「除非他們發光。」凱倫奶奶補充道：「幽靈想被人類看到的話就會這麼做。」

「就算他們不發光，我也看得到喔！」克萊兒扯著嗓子插嘴說：「我是現在家裡唯一一個有這種

能力的人！」

　　這是個神祕的謎題！沒有人知道為什麼克萊兒可以在幽靈不發光、或不發出哭嚎聲時看得到也聽得到他們；也沒有人知道，為什麼克萊兒的媽媽和外婆再也看不見、聽不見幽靈了。凱斯不願去想「克萊兒有一天可能也沒辦法看到或聽到我」這件事。看樣子他一定要更努力練習自己的發光和哭嚎

技巧才行。

　　「現在就有三個幽靈跟我們在一起，」克萊兒
加上一句：「四個。如果幽靈狗狗也算的話。」

　　「汪！汪！」科斯莫一邊叫，一邊繞著克萊兒
爸爸的頭轉圈、在空中飄來飄去。

　　「我真搞不懂，為什麼所有住在這裡的踏地人
非知道我們的事不可。」貝奇忍不住抱怨。

「不要叫我們踏地人！」克萊兒瞇起眼睛瞪著貝奇。

「妳在跟誰說話啊？」克萊兒爸爸問道，他的視線直接穿透貝奇。

「貝奇啦，」克萊兒回答，嘴裡塞滿了義大利麵，「他是這裡其中一個幽靈。因為我不喜歡他叫我們踏地人，所以他才故意這樣說。」

「哼！」貝奇咕噥了一聲。

克萊兒吞下嘴巴裡的食物，然後說：「其他兩個幽靈名叫凱斯和小約翰。凱斯跟我同年，小約翰六歲，是凱斯的弟弟。」

「如果……他……能……看到……我們……應該……會……有幫助……，」小約翰開始發出哭嚎聲，身體也透出淡藍色的光，「克萊兒的……爸

爸……，看到……了嗎？……我……在……這裡！……這裡！」他揮揮小手喊道。

克萊兒的爸爸被眼前的景象嚇得嘴巴開開的。

「爸，這是小約翰。」克萊兒朝凱斯的弟弟小約翰點點頭。

克萊兒的爸爸眨了眨眼、揉了揉眼睛，然後再度看著小約翰。

凱斯好希望自己會發光和哭嚎，這樣克萊兒的爸爸也能看見他了。可是他不會。

不過，他還有其他辦法能讓克萊兒的爸爸知道他在這裡。他突然往下衝向餐桌，拿起鹽罐。

克萊兒的爸爸瞪大眼睛。因為他看不到凱斯，所以鹽罐看起來好像飄浮在半空中一樣。

凱斯才剛學會怎麼拿起踏地物品，還沒辦法長

時間抓緊鹽罐。他小心翼翼地用食指和大拇指指尖拿著，然後把它變成幽靈鹽罐。幽靈鹽罐正在凱斯的手邊飄浮，可是克萊兒的爸爸再也看不見鹽罐了。

「鹽罐跑哪去了？」他問道。

「還在這裡啊，」克萊兒對爸爸說：「你之所以看不見，是因為凱斯把它變成幽靈鹽罐了。」

「凱斯沒辦法像其他幽靈一樣發光或哭嚎，」克萊兒的媽媽解釋道：「可是他有『靈變』的能力。也就是說，他可以把踏地物品變成幽靈物品，或是把幽靈物品變成踏地物品。這種能力很罕見喔！」

聽到克萊兒的媽媽這麼說，凱斯覺得很驕傲。

克萊兒的爸爸揉揉後頸，「這些幽靈都是從哪

裡來的？」他問道：「他們為什麼會在這裡？」

「我不知道貝奇是從哪裡來的，」克萊兒說：「不過凱斯和小約翰之前是跟家人一起住在一間老舊的校舍裡。去年夏季的某一天，有人拆掉校舍，結果凱斯一家人全都飄到外面，是風把他吹來這裡的。他已經很久沒聽到其他家人的消息了，也不知道到底發生了什麼事。後來我們在外面辦案時找到科斯莫。然後，你知道瑪麗恩街上那棟紫色房子吧？小約翰就是被風吹到那裡。住在那裡的其他幽靈告訴他，圖書館裡也有幽靈，所以他就躲在圖書館的書裡混進來，就這樣找到了凱斯。我們不知道他們其他家人現在在哪裡。」

「我們……知道……爺爺……奶奶……在哪裡……」小約翰用哭嚎聲說道。

「哦，對，」克萊兒說：「我們在安養院找到他們的爺爺和奶奶。」

「現在那個小幽靈又去哪了？」克萊兒爸爸在小約翰身上的光消失時跳了起來，大聲問道。

「他還在這裡，」克萊兒說：「只是他的能量用完了。幽靈必須耗費很多能量才能發出夠亮的光、夠大聲的哭嚎，好讓我們可以看見和聽見他們。」

克萊兒的爸爸又揉揉後頸。

「我知道一時之間很難理解這些事，」克萊兒的媽媽拍拍他的手臂說：「不過我早就想跟你分享這個家族小秘密了。」

躺在克萊兒媽媽大腿上的手機再度震動起來，她狠狠瞪了女兒一眼。

「幹嘛？」克萊兒舉起雙手，「有人要打電話來，我也沒辦法，他們又不知道我們在吃晚餐。」

克萊兒的媽媽軟化下來，臉上的表情也變得溫柔許多。「說的也是。」她說話的同時，克萊兒的手機還在震動。接著，她轉向丈夫問道：「你還有什麼想問的嗎？」

「有。我到底還能不能看到我們家的鹽罐啊？」他問。

「哦！拿去吧！」凱斯說完，便把幽靈鹽罐變回踏地物品。鹽罐「再次出現」在半空中，然後「咚」的一聲落到桌上。

克萊兒的爸爸拿起鹽罐，轉來轉去地看個不停。凱斯有種感覺，克萊兒爸爸要理解的不只是這個消失又出現的鹽罐而已，還有克萊兒、她媽媽和

外婆剛才告訴他的一切，更別說他還親眼看見小約翰了。

「別擔心，爸爸。你會習慣這些幽靈的。」克萊兒說。

吃完晚餐後，克萊兒媽媽依照約定，把手機歸還給她。

「有語音留言耶！」克萊兒一邊說，一邊蹦蹦跳跳地踏上樓梯，走到臥室。凱斯和小約翰在她身邊飄呀飄，仔細聆聽手機裡的留言：

「嗨，克萊兒嗎？我是布莉‧拉森。其實我們不認識啦，因為我們不同班，不過我們同年級。我想妳應該是跟我弟同班。妳認識阿傑‧拉森吧？他現在在我旁邊。」

「嗨。」另一個聲音說道。

「總之，」布莉繼續說道，「我們打來是因為聽說妳能解開神秘的鬧鬼事件。這是真的嗎？如果是的話，請回電給我們，或是明天在學校跟我們其中一個人聊一下。我們有個……呃，需要跟妳談談的狀況。好啦，拜囉。」

「嗯……聽起來我們有新案子了，」克萊兒說：「我現在就打電話給她！」

第二章

前進消防局

克萊兒的貓索爾一邊在凱斯和小約翰正下方蹓躂，一邊對著他們低吼。克萊兒還在跟布莉通電話。

「為什麼克萊兒的貓不喜歡我們呀？」小約翰問道，「我們又沒對牠怎麼樣，從來沒有耶。」

「嗯，因為科斯莫會追牠吧。」凱斯回答。

「科斯莫現在又不在這裡，牠跟克萊兒的外婆一起待在樓下啊。」小約翰說。

「有些踏地動物就是不太喜歡幽靈。」凱斯聳聳肩。

「你提到這點還真巧耶，凱斯，」克萊兒一邊說，一邊把手機扔到床上，「布莉和阿傑新養了一隻狗叫史帕奇，嗯，其實算是他們爸爸的狗啦。他是個消防員，所以史帕奇也變成消防隊的吉祥物了。總之，一開始一切都很好，可是現在史帕奇完全不願意進去消防局的某個房間裡。牠只是站在門口，對著裡面的某個東西狂吠。沒有人知道牠到底在叫什麼。」

「牠是對著幽靈叫嗎？」小約翰問。

「布莉和阿傑是這麼想的，」克萊兒回答：「而且消防局裡也發生了一些詭異的事，不但有幾個消防員在晚上聽見奇怪的聲音，甚至還有人看到

幽靈呢！這就是布莉和阿傑要我過去看看的原因。他們希望我可以去抓幽靈。」

「說不定那個幽靈是爸爸、媽媽，或是芬恩呢！」小約翰說。

芬恩是凱斯和小約翰的哥哥，他早在舊校舍拆除前就已經被風吹到外面失蹤了。凱斯一家人全都不知道芬恩現在到底在哪裡。

「克萊兒，妳的水壺在哪裡？」小約翰搓搓雙手，兩隻小手立刻發出光芒。

「別急，小約翰，」克萊兒說道：「現在不是出任務的時間，該上床睡覺了。我們明天放學後再去。」

「喔。」小約翰失望地呻吟一聲。

「我不確定我們應該跟妳一起去。」凱斯說。

「為什麼？」克萊兒問道。

「對呀，為什麼？」小約翰也問。他手上的光芒逐漸消失了。

「因為那隻狗可能不喜歡幽靈，」凱斯解釋道，「所以牠才會叫，不是嗎？要是出現另外兩個幽靈，誰知道牠會做出什麼樣的事？」

「是沒錯，可是很多幽靈不相信像我這樣的人類。」克萊兒說道：「也許史帕奇不喜歡看到你們，但我敢說，消防局裡的幽靈看到你們一定會很開心的。」

「克萊兒說得對，」小約翰說：「爸爸媽媽可能會從她身邊飄走，離她遠遠的，可是他們絕不會飄離開我們。」

凱斯不得不承認，克萊兒和小約翰的話很有道

理。「好吧，我們一起去。」最後他終於開口。

「明天，」克萊兒再度確認，「放學後。」

凱斯之前在克萊兒的學校裡看過布莉和阿傑，但沒有看過這對姊弟一起出現——直到他們從屋裡走出來，踏上門廊為止。

「這兩個踏地人的臉和髮型都一樣耶！」小約翰說。他正和凱斯一起待在克萊兒的水壺裡盤旋，貝奇跟科斯莫則留在圖書館。

「他們是雙胞胎。」凱斯說。

「你們住得離消防局很近耶，太酷了，」克萊兒對雙胞胎說：「消防局就在轉角對吧？」

「我們家後院有條捷徑。」布莉和阿傑異口同聲地回答，接著他們相視，舉手擊掌。

「我們總是同時——」布莉開頭。

「──說出同樣的話。」阿傑結尾。

「雙胞胎之間的默契。」布莉說。

「酷喔！」克萊兒再度表示。

「來吧，」阿傑一邊說，一邊匆匆跳下門廊階

梯：「我們帶妳走捷徑。」雙胞胎帶著克萊兒繞過

房子，穿越院子後方的草叢。

「這裡是消防局的後面，」布莉指著那棟高高的磚造建築物說：「我們可以從那邊那扇門進去。」話一說完，她便跑上前，打開那扇門。

「哇！」克萊兒一走進消防局車庫，凱斯就睜大眼睛，發出一聲驚嘆。他跟小約翰先前從來沒有離真實的消防車這麼近過。這些車好大、好紅、好閃亮。

門關上的那一刻，凱斯和小約翰就穿透克萊兒的水壺跑出來，膨脹成原來的體型。

「這些是什麼消防車呀？」小約翰飄到一輛車頂上有雲梯的消防車旁邊問道。

「它們有特別的名稱嗎？」凱斯飄到另一輛消防車上方，注視著那些奇怪的控制器和儀表板。

「這些消防車有特別的名稱嗎？」克萊兒問布

莉和阿傑。

「嗯，這輛是隊長的，而這輛只是 ATV。」
阿傑摸摸另一輛車說。那輛車比凱斯和小約翰正在
看的其他台消防車小很多。

「什麼是 ATV 啊？」克萊兒問道。

「是一種可以在馬路以外的道路行走的越野型
車輛，」阿傑解釋，然後指著凱斯旁邊的那台車說
道：「那輛是水箱消防車，旁邊的是雲梯消防車。

那台梯子可以伸到科爾斯鎮任何一棟建築物的屋頂喔！」

「哇！」克萊兒驚嘆。

「來吧，」布莉說：「史帕奇大概跟我爸一起待在裡面。」

克萊兒、布莉和阿傑三人踏上車庫後方的樓梯，凱斯和小約翰必須快速飄動才能趕上他們。布莉打開佇立在樓梯上層的門，一條長長的白色走廊

頓時映入眼簾。走廊左邊有個小房間，房間裡有個穿制服的女人背對著他們，坐在三台電腦前面，她前方有一大片玻璃窗，可以看到車庫裡的動靜。

「那是廣播室，」阿傑對克萊兒說道：「裡面的小姐負責接聽 119 報案電話，還有發出火災警報。」

他們沿著走廊繼續往前走，來到一間空間寬敞，裡面擺了很多桌子的房間，房間另一頭還有個櫃檯。所有人都穿著制服，看起來很忙碌的樣子。

櫃檯另一邊就是消防局大門。

「嗨，孩子們。」一個消防員從辦公桌那裡朝他們揮揮手，一隻白底黑點的大狗正蜷縮在他旁邊的紅色枕頭上。狗狗在克萊兒一行人走進房間時抬起頭來。

「嗨，老爸。」布莉說：「這是我們的新朋友，克萊兒。克萊兒，這是我們的爸爸。」

「哈囉，克萊兒！我叫迪克。」那位消防員站了起來，和克萊兒握手。「這是史帕奇，」他拍拍狗狗的頭，「妳最好也跟牠打聲招呼。」

克萊兒想摸摸史帕奇，可是史帕奇立刻跳了起來，小跑步奔向凱斯和小約翰。牠先聞聞小約翰的腳，然後轉向凱斯的腳。

「**啊啊啊！**」凱斯大叫，接著猛然衝到天花板上待在那裡。

「汪！汪！」史帕奇一邊開心地叫，一邊朝凱斯飛撲過去。牠不停搖尾巴，而且還站起身來，用後腿開心地邊跳邊轉圈圈。

「史帕奇喜歡妳呢，克萊兒，」迪克哈哈大

笑，「牠在表演給妳看喔！」

　　小約翰從鼻子裡哼了一聲，「拜託，牠才不是表演給克萊兒看呢，牠是想把凱斯抓下來聞好不好！」

　　「我不想讓他聞啦！」凱斯說。

　　「為什麼？」小約翰問道，「牠不會傷害我們啦。」小約翰飄降到跟史帕奇一樣高的位置，接著大喊：「這邊，史帕奇！」

　　史帕奇轉過身，飛快衝向小約翰。

　　小約翰咯咯笑了起來。

　　「汪！汪！」史帕奇搖著尾巴，抬頭望著凱斯，然後又叫了兩聲。

　　「他一定愛死妳了，克萊兒，」阿傑說：「牠平常不會這樣跑來跑去的。」

「那真是太好了。」克萊兒不安地說。史帕奇對凱斯和小約翰的興趣顯然比對克萊兒大多了，可是其他人都看不見這個真相。

「別當個膽小鬼，凱斯，」小約翰說：「快點下來，這樣史帕奇才能聞你。」

凱斯慢慢地飄下來。等到他的高度夠低，史帕奇就立刻飛奔穿越凱斯，這讓凱斯覺得有點反胃。

「我覺得史帕奇很喜歡幽靈耶。」小約翰說。

「呃，反正他喜歡我們就是了。」凱斯說。畢竟根據雙胞胎對克萊兒的說法，史帕奇聽起來好像不太喜歡消防局裡的幽靈。

「史帕奇不願意進去的那個房間在哪裡？」克萊兒問雙胞胎。

「我們帶妳去看。」雙胞胎同時回答。

「走吧，史帕奇。」布莉拍拍自己的腿，史帕奇便小跑步跟在她後面。布莉帶著大家沿著走廊前進，經過一間廚房，兩間擺著小床的休息室，然後一路走到位在走廊盡頭的房間。

史帕奇在門口停了下來，坐在地上，開始大聲嚎叫。

「嗷嗚嗚嗚嗚嗚～～！」

第三章

消防局裡 的幽靈

帕奇飛也似地衝向房間，但只跑到門口就不願意再進去了。「嗷嗚嗚嗚嗚嗚～～！」牠再次高聲嚎叫。

「妳懂我意思了吧？不管怎麼做，牠就是不願意進去。」布莉一邊說，一邊跨過史帕奇，走進房間裡。克萊兒和阿傑立刻跟上。

「嗷嗷嗷嗚嗚嗚嗚嗚～～！」史帕奇又叫了。

「牠好吵喔！」小約翰用手摀住耳朵。

凱斯完全同意。他和小約翰飄過史帕奇上方，進入房間。這個房間看起來很像某種家庭房或遊戲室，不但前方的牆壁上嵌著一台大電視，裡面還有一張沙發、兩把椅子，以及一張桌面是綠色，上面放了很多球的桌子。不過，假如這裡真的有幽靈，那他們現在一定是躲起來了。

「媽媽？爸爸？芬恩？」小約翰在房間裡到處飄來飄去，大聲吶喊。

「無論你們在哪裡，快出來，出來呀！」他又補上一句。

沒有幽靈出現。

雙胞胎試著要讓史帕奇走進房間裡。「史帕奇，快點！快過來啊小傢伙！」他們的聲調聽起來

既興奮又開心。

「汪！汪！」史帕奇一邊叫，一邊高舉尾巴，踩著腳掌跳來跳去，就是不願意走進房間。

阿傑從口袋裡拿出狗點心，伸向史帕奇。「這裡，小傢伙！快點過來吃點心！」

史帕奇還是不願意。

「牠之前有進來過，對吧？」克萊兒問道。

「對啊，很常進來。」布莉說。

「可是牠現在再也不願意進來了。」阿傑說，接著轉向克萊兒，「你不是說妳有什麼可以找到幽靈的工具嗎？」

「哦，對。」克萊兒打開背包，拿出幽靈偵測鏡和幽靈捕手。

「汪！汪！」史帕奇厲聲狂吠。「嗷嗷

嗷嗚嗚嗚嗚嗚～～！」

克萊兒把幽靈偵測鏡靠在眼前，然後在房間裡到處走來走去。當她走到一排櫃子前方時，默默瞥了凱斯和小約翰一眼。

「妳覺得幽靈可能躲在櫃子裡？」凱斯問道。

克萊兒微微點頭。

「你檢查這邊，」小約翰對凱斯說：「我去檢查那邊的。」話一說完，他就飄過房間，穿越櫃子的門。

凱斯深吸一口氣。現在他已經學會怎麼穿透踏地物品了，這是件好事。他小心翼翼地踏進門裡，先伸出腳，再來是腿，然後是整個身體。這一次，他只覺得有一點點反胃而已。

凱斯臉朝上飄浮在櫃子裡，眼前一片漆黑。雖

然他已經成功進到櫃子裡了，但還是有種正在穿越什麼東西的感覺。一種很厚重的東西。

哦，原來是毯子。這個櫃子裡塞了一大堆毯子。

他穿越牆板，進入下一個櫃子。那個櫃子裡有書，而最後一個櫃子裡有桌遊玩具。

沒有幽靈。

凱斯回到娛樂室。克萊兒用期待的眼神望著他，他搖搖頭。

「那邊的櫃子裡也沒有幽靈，」小約翰說：「我想爸爸、媽媽和芬恩不在這裡。如果他們聽見我們的聲音，一定會出來的。」

凱斯也這麼覺得。那麼，消防局裡的幽靈到底是誰呢？他或是她又躲在哪裡呢？

「汪！汪！汪！」史帕奇一邊叫，一邊在門口轉圈圈。

「這真的非常奇怪，可是我沒有偵測到房間裡有幽靈。」克萊兒對布莉和阿傑說。

「那東西真的有用嗎？」阿傑皺眉顯露不悅地說：「看看史帕奇！這裡顯然就是有鬧鬼啊！」

這裡確實有兩隻，也就是凱斯和小約翰，不過布莉和阿傑並不知道這件事，而且史帕奇似乎也不在意和他們共處一室。

「當然有用啊！」克萊兒說。「這裡還有其他房間是史帕奇不願意進去的嗎？」

「沒有。」雙胞胎異口同聲地回答。

「我們可不可以帶牠去其他房間看看，確認一下？」克萊兒問道。

「可以啊，」阿傑聳聳肩。「走吧，史帕奇。」

這隻狗踩著小碎步，快樂地跟在踏地小孩後面。牠往上瞄了凱斯和小約翰一眼，接著發出一聲友善的「汪」，同時不斷咻咻咻的左右搖擺尾巴。

史帕奇直接走進那兩間休息室、廚房、浴室和辦公區域，完全沒問題；不過，當他們回到娛樂室的時候，牠就趴在地板上，拒絕走進房間裡。

「你們有在這裡親眼看過幽靈嗎？」克萊兒問。

雙胞胎互看了對方一眼，然後同時開口說：「沒有。」

　　「不過，」阿傑說：「有幾個消防員看過。」

　　「我可以跟他們談談嗎？」克萊兒問道。她把尋找幽靈的裝備收進背包裡，拿出筆記本。

　　「沒問題。」布莉說，然後帶著大家沿著走廊往回走。

　　「嘿，爸，湯姆在哪？」阿傑在他們回到辦公室時開口問道。

　　迪克抬起頭來說：「他跟珍奈兒去車庫了。」

　　「耶！我們又能看到消防車了！」小約翰一邊搓著雙手，一邊飄過走廊。

　　「汪！」史帕奇看到小約翰的手發光，急促地叫了一聲。

凱斯抓住小約翰的手。

「不要這樣，」他說：「你想要大家都看到你的手在發光嗎？」

「我太興奮了，忍不住嘛。」小約翰說。

阿傑推開通往車庫的門。凱斯在克萊兒、雙胞胎和史帕奇匆匆跑過他身邊時，飛快地往車庫裡面瞄了一眼。

「噢，糟了。」凱斯說完，他緊抓住弟弟往後退，遠離車庫，車庫門就這樣在他們眼前關上了。

「你為什麼要這樣！」小約翰問道。

「後門是開著的。」凱斯回答。

小約翰發出一陣哀號。門是開著的就表示幽靈可能會被風吸到外面去，然後吹得遠遠的。

「可是這個車庫很大，」小約翰說：「而且後

門很小。我們離門遠一點就好了，就跟我們在圖書館裡一樣。」

「這個嘛……」凱斯有點猶豫。他看得出來，小約翰真的很想再去看一次消防車。「好吧。可是你要答應我，一定要離敞開的門很遠、很遠喔。」

「我會的！」小約翰說。於是兄弟倆便穿越關閉的門，沿著消防局車庫的天花板飄翔。

「汪！汪！」史帕奇在凱斯和小約翰下方跑來跑去。

「看看這輛消防車裡面！」小約翰說。他飛快地穿越駕駛座窗戶，進入雲梯車的駕駛艙。

不過凱斯對消防員的故事比較有興趣。

「關於我們的幽靈，妳想知道什麼？」一個戴眼鏡的男人問克萊兒。他的名牌上寫著「湯姆」兩

個字。

克萊兒打開筆記本準備記錄。「一切！」她說：「幽靈看起來是什麼樣子？你看過幾次？他又做了什麼？」

「嗯，其實我沒有真的仔細看過，」湯姆回答：「我只是看到一個模糊的黑影，晚上的時候在這邊晃來晃去。」

「男的還女的？」克萊兒又問。

「我不是很確定耶。」湯姆說。

「一定是個男的。」一位女消防員從消防車另一邊走過來。她手上拿了一條巨大的消防水管，胸前的名牌上寫著「珍奈兒」。「一個老男人，至少他的嗚咽和呻吟聽起來像是上了年紀。」

「我沒聽過什麼嗚咽或呻吟啊。」一個體型魁

梧的黑髮消防員說，他的名牌上寫著「大衛」。

「真的嗎？」珍奈兒揚起眉毛，「你從來沒被幽靈吵醒過？」

「我就被吵醒過。」湯姆說。

「我沒有被嗚咽和呻吟聲吵醒過，」大衛說：「但是我可以告訴你們，昨天晚上是什麼把我叫醒的——有人或是有什麼東西把被子從我身上拉走了！」

珍奈兒點點頭。「前兩天我也遇到一樣的事。事實上，我最後是在走廊外面找到我的毯子！我們的幽靈會偷毯子，記得把這個寫下來。」她對克萊兒說。

克萊兒立刻記錄，接著又問珍奈兒：「妳有看到幽靈嗎？」

「沒有清楚到可以描述外觀，」珍奈兒回答：「就像湯姆說的，只是一個模糊的黑影。」

「妳是在哪裡看到的？在那個娛樂室嗎？」克萊兒問道。

「對，就是那裡。還有走廊和廚房——」珍奈兒開始細數，不過，一陣震耳欲聾，響徹車庫的警報聲打斷了她。

「有火災！」

第四章

失火了！

帕奇的嚎叫已經夠大聲了，不過火災警報比牠更大聲！凱斯用雙手緊緊摀住耳朵，可是沒什麼用。

消防員急急忙忙地跑向車庫；有的從樓梯頂端的門衝出來，有的從鋼管上溜下來。他們快速套上工作靴、抓起掛鉤上的外套和安全帽，飛也似地奔向消防車。

車庫大門開始上升。

凱斯不想被吸到外面，於是他努力地往後退呀……退呀……退呀……可是又不能退得太後面，因為後門也是敞開的！他往上飄到那片玻璃窗，就是有位小姐在裡頭盯著電腦螢幕的房間，也就是阿傑口中的廣播室。凱斯穿越玻璃，進入房間。

安全了。

「小約翰？」凱斯轉身大喊。小約翰跑到哪裡去了？他該不會還待在雲梯車裡吧？

凱斯飄回玻璃窗前方，往下看著車庫。完全沒有小約翰的蹤影。

廣播室小姐頭上戴著一個東西，一直連接到嘴邊的小型麥克風。「地點是榆樹街 1024 號。」她對著麥克風說。

消防車閃著亮光、發出刺耳的警笛聲，一輛接

一輛地開出車庫，朝目的地疾駛而去。

　　大家還來不及搞清楚發生了什麼事，史帕奇就

猛地衝出去、追著消防車跑，一直跑到大街上！

警報聲實在太大聲了，凱斯完全聽不到布莉和阿傑在說什麼，只看見他們倆一邊交頭接耳，一邊高舉著手用力揮舞，接著匆匆跑出去追史帕奇。

　　克萊兒抬頭瞥了凱斯一眼，說了幾句話，可是凱斯聽不清楚她說什麼。

　　「什麼……？」凱斯哭嚎問道正把背包和水壺放到長凳上的克萊兒。「克萊兒……妳……說……什麼……？」

　　「誰？」廣播室小姐環顧四周，疑惑問道。

　　克萊兒一把抓起掛在長凳上方掛鉤上的繩子，然後跑出去追雙胞胎，丟下凱斯一個人。

　　「克萊兒！」凱斯提高音量，再度哭嚎。

　　突然間，他覺得好累，真的好累。好像全身上下的能量都耗盡了。

「克萊兒是誰？」廣播室小姐問道，雙眼直盯著凱斯。

凱斯眨眨眼睛。廣播室小姐是在跟他說話嗎？她看得到他嗎？

「不會吧？我在發光嗎？」凱斯自言自語地說。難道這就是他突然覺得很累的原因嗎？他低頭看看自己。沒有，他沒有在發光。廣播室小姐看不到他。可是她剛才的確聽到他叫克萊兒的名字。

「所以我是在哭嚎囉？」他驚訝地大叫：「妳聽見我的哭嚎聲了！」

不過廣播室小姐這次沒有聽到，因為凱斯並不是用哭嚎聲說的。

火災警報停止了。車庫大門開始轟隆隆的關了起來。廣播室小姐聳聳肩，將注意力轉回前方的電

腦螢幕上。

「引擎一號出勤中。」一個聲音從她前方的對講機傳出來。

我是怎麼辦到的？凱斯心想。他不知道，因為他剛才並沒有想要嘗試發出哭嚎聲，聲音就這樣自己發出來了。不過，凱斯通常都是這樣無意間施展幽靈技巧的。每回他第一次成功施展新技法的時候，腦子裡根本連想都沒想。

凱斯心想，**或許哭嚎聲跟幽靈說話的音量大小有關，或許也跟腹部的肌肉有關。**因為他覺得肚子的肌肉好痠痛。

他試著盡可能努力縮緊腹部的肌肉。**緊一點！緊一點！緊一點！**然後發出哭嚎聲：「**嗚嗚嗚～**」

廣播室小姐把嘴邊的麥克風移開。「是誰在講話？誰在那裡？」她環顧四周大聲問道。

成功了！

「**是……我……**」凱斯繼續哭嚎，「**凱斯……**」這時，他的腹肌投降了，他沒辦法再發出哭嚎聲了。

「凱斯？凱斯什麼？」廣播室小姐問：「你是消防局裡的幽靈嗎？」

「不是，我就叫凱斯。我是另一個幽靈。」凱斯回答。不過他只是說出話來，沒有哭嚎，所以廣播室小姐聽不見，而且他也沒力氣再嘗試哭嚎了。

「雲梯車即將抵達現場。」一個聲音從對講機傳來。

「引擎一號再兩分鐘抵達。」另一個聲音緊接

在後。

「呃，不管你是誰，我現在沒辦法跟你聊天，」廣播室小姐說：「我在工作。」她飛快地把麥克風拉回嘴邊，重新專注在前方的電腦螢幕上。

凱斯不想打擾這位小姐，也不想妨礙她做重要的工作，可是他真的好想知道究竟發生了什麼事。**史帕奇還好嗎？克萊兒、布莉和阿傑是不是很快就會回來了？還有，小約翰到底在哪裡？**

凱斯穿越玻璃窗，飄進車庫。車庫大門已經關上，但後門還開著。凱斯小心地和後門保持距離。

「小約翰？」他一邊大喊，一邊沿著天花板飄。「你還在這裡嗎？」

沒有回應。

凱斯也不期待有什麼回應。他不認為小約翰還在車庫裡，他希望弟弟現在依然平安地待在雲梯車內。**也許這就是為什麼史帕奇衝出去追消防車的原因？因為牠知道小約翰在裡面？**

　　或是……也許史帕奇看到小約翰被風吹到外面了……

　　凱斯沿著其中一道車庫大門往下飄，並從門頂上的小窗戶向外凝望。他沒有看見小約翰在外面隨風飄蕩，也沒有看見克萊兒、布莉、阿傑或史帕奇的蹤影。

　　凱斯嘆了一口氣，默默從車庫大門邊飄走。不知道還要等多久，其他人才會回來？

　　他往上飄到玻璃窗前方，再度進入廣播室。

　　「目前還沒有發現煙霧或火災的跡象。」一個

聲音從對講機傳來。

　　凱斯飄到走廊外面，逛遍了整座消防局。現在，廣播室小姐是這棟建築物裡唯一的踏地人。

　　他越過那間擺滿桌子的辦公室，飄到窗戶前方。他看到克萊兒、布莉和阿傑正朝消防局的方向跑過來。

　　萬歲！史帕奇也跟他們在一起！牠的項圈上繫著一條牽繩，布莉一邊跑，一邊緊抓著繩子的一端。

凱斯才後仰飄離門邊，布莉就猛推開門。史帕奇搶先衝到最前面，跑進消防局。

　　「不准再那樣跑走，史帕奇。」布莉責備道。

　　史帕奇搖著尾巴奔向凱斯。凱斯咬緊牙關，忍受狗狗穿越他的身體，然後牠又轉身，再度穿越他的身體。

　　「汪！汪！」史帕奇叫了起來，彷彿這是場好玩的遊戲。接著牠跑遍整座消防局，東聞聞、西聞聞，到處聞來聞去，好像在找什麼東西。

　　「牠在找什麼啊？」布莉問道。

　　「會不會是牠的球？」阿傑說。他鑽進桌子底下，抓出一顆綠色的球，然後丟向史帕奇。「這裡，小傢伙。這是你要找的東西嗎？」

　　「汪！汪！」史帕奇無視那顆球，直接跑回凱

斯身邊吠叫。

凱斯覺得史帕奇是在找小約翰。

「我不知道他在哪裡，」凱斯對狗狗說：「我原本還希望你知道的。」

就在這個時候，車庫裡傳來大門升起的聲音。

「消防車回來了。」布莉說。

「這麼快？」克萊兒問道。

「可能是假警報，」阿傑說：「大部分打來報案的都是這樣。」

凱斯想知道小約翰是不是也一起回來了。他飄到廣播室裡，看著消防車開進車庫。車庫大門關上的那瞬間，他立刻穿越玻璃窗，飄向雲梯車，從擋風玻璃外仔細看。

小約翰不在裡面。

斯急忙飄回消防局。「我們該走了！」他對克萊兒說，「小約翰不見了，我們得去找他才行！」

克萊兒朝凱斯微微點頭，然後轉身對雙胞胎說，「對不起，我們今天沒有找到消防局裡的幽靈，我明天還會回來進一步搜索。」

「我們……走吧……」凱斯發出了哭嚎聲。

布莉倒抽了一口氣，阿傑嘴巴張得好大。克萊

兒的臉上則浮現了奇怪的表情。她是唯一看得到凱斯的人，但其他人都只能聽見凱斯而已。

「是那個幽靈！」雙胞胎異口同聲地大叫。

喔噢！凱斯不是故意要發出哭嚎聲的，聲音就像剛才那樣自己跑出來了。

「妳有聽到嗎？」布莉抓著克萊兒的手臂問道。

「沒有。」克萊兒眼神直盯著凱斯說謊。

「快把妳的幽靈偵測裝備拿出來啊，」阿傑說：「幽靈就在這裡，我們都聽到了。」

「不行，克萊兒，」凱斯用平常的聲音喊道，「我們沒時間了，我們得去找小約翰才行。妳的水壺呢？」克萊兒通常都把水壺背在肩上，或是拿在手裡，可是凱斯沒有看到水壺。

「我的東西放在外面車庫裡，」克萊兒說：「而且……阿傑，我不知道你在說什麼。我不知道你們聽見了什麼，讓你們覺得幽靈在這裡。我什麼也沒聽到啊。看看史帕奇，我覺得牠也沒聽到。」

史帕奇正蜷縮在雙胞胎爸爸辦公桌旁的紅色枕頭上，追逐消防車讓牠累壞了。

「呃，她說得沒錯。」布莉說：「史帕奇沒有

發怒，我們可能只是誤以為自己聽見什麼了。」

「就算克萊兒沒聽到，可是我們兩個都有聽到啊！」阿傑反駁。

布莉聳聳肩，「一定又是奇怪的雙胞胎默契，我們出現一樣的幻聽了。」

「我真的該走了。」克萊兒說。

雙胞胎帶克萊兒穿過長廊，走到車庫。凱斯緊緊跟在後面。

一大群消防員在車庫裡忙得團團轉——有人在清潔設備；有人在收消防水管；還有人在擦消防車，擦得閃閃發亮。

克萊兒抓起剛才擺在長凳上的水壺和背包。凱斯不斷 *縮小*……*縮小*……*縮小*……然後穿透瓶壁，鑽進水壺裡。

「要再回來看我們喔！」消防員大衛在克萊兒打開車庫後方的小門時揮手喊道。

等到他們安全走到戶外，克萊兒就對凱斯說：「你剛剛在裡面發出哭嚎聲耶！你知道該怎麼做了！」

「算是吧。」凱斯說：「可是我現在不想講這個，我們要趕快找到小約翰才行！」

「我不知道他會在哪裡，」克萊兒在大街上邊走邊說：「警報響起之前，我有看到他跑進雲梯車，但我不確定消防員開走的時候，他是不是還待在裡面。要是他在門打開時被風吹走了呢？」

如果真的是這樣，那他們可能永遠找不到小約翰了，因為風會把他吹到很遠、很遠的地方。

不過，他們一定要盡力找小約翰。

「我們應該到消防車去的地方找找看，」凱斯說：「說不定小約翰被風吹到那附近了。」

克萊兒停下腳步，「可是我們不知道他們剛剛是去哪裡。」

「我們知道，」凱斯說：「我在廣播室聽到的。他們去了榆樹街 1024 號。」

「好，」克萊兒說：「我們來看看榆樹街在哪裡。」她拿出手機定位方向，接著繼續往前走。

一路上，凱斯在克萊兒的水壺裡轉來轉去，留意周遭動靜。假如小約翰真的在外面某個地方，他可不想和小約翰擦身而過。

榆樹街 1024 號並不遠。不過那裡不但沒有發生過火災的樣子，也沒有消防車剛來過的跡象。

「妳有看到小約翰嗎？」凱斯問道。

「沒有，」克萊兒回答，「你呢？」

「沒有。」凱斯鬱悶地說。

他們繞著整棟建築物走一圈，沒有任何發現。

「現在風是從哪邊吹來的？」凱斯問：「也許我們可以隨著風向找，看看他可能被吹到哪裡去了。」

「我們可以試試看。」克萊兒說，但她的聲音聽起來好像不抱希望的樣子，「我想風是從我們後面吹來的。」

克萊兒走呀走，一直走到城鎮邊緣。凱斯從水壺裡往外看，眼前只有一片空蕩蕩的田野。**小約翰，你到底在哪裡啊？**他心想。

　　「我很抱歉，凱斯，」克萊兒輕聲說：「晚餐時間快到了，我們該回家了，我們明天可以再來找小約翰。」

　　凱斯覺得喉嚨一緊，「好吧。」他哽咽地說，心裡有種不祥的預感。他覺得小約翰消失了，而且可能再也不會出現了。

當天稍晚，克萊兒和幽靈一起待在圖書館塔樓的房間裡。「我也很想念那個小傢伙。」貝奇說。

凱斯摟著科斯莫，望著窗外那片漆黑的夜。小約翰一定就在外面某個地方。**某個地方。**

「我們不應該帶他一起去的，」克萊兒懊悔地說：「應該讓他跟貝奇和科斯莫一起留在這裡。」

凱斯同意，不應該帶他去的。

「發生什麼事了？」克萊兒的爸爸在門口問道。

克萊兒的媽媽從後面探出頭來，越過丈夫的肩膀往房間裡看。「妳看起來很難過，親愛的。」她對克萊兒說。

「小約翰不見了，」克萊兒說：「當時有火災

警報，車庫大門一打開，史帕奇立刻衝了出去。不知怎的，我們就在一連串慌亂下把小約翰搞丟了。不知道他現在怎麼樣了。」

「噢，天哪。」克萊兒媽媽說。

「是那個小弟弟，對嗎？」克萊兒爸爸問道。

克萊兒點點頭。

克萊兒爸爸走進房間裡。「我很遺憾，」他一邊說，一邊把手放在女兒的背上。「也幫我跟妳的朋友，就是那個幽靈哥哥說，我很遺憾。好嗎？」

如果凱斯沒那麼難過的話，就會試著用哭嚎聲回應克萊兒的爸爸。可是他現在真的沒有心思匯聚能量嘗試。真的沒有。

「他知道。」克萊兒對爸爸說。

「你們有找到消防局裡的幽靈嗎？」克萊兒媽

媽問道。

克萊兒搖搖頭。「我們不但沒有找到他們要我們找的幽靈，而且還失去了小約翰。今天真的很不順。」她悶悶不樂地說。

「嗯，明天又是新的一天。」克萊兒媽媽試著用充滿希望的語氣安慰大家。「或許到了早上，一切都會好轉的。」

凱斯完全看不出怎麼會好轉。

第六章

給克萊兒的訊息

「**你**不能整天悶悶不樂地在圖書館裡閒晃，」隔天早上，克萊兒一邊整理背包，一邊對凱斯說道，「跟我一起去上學。」

「我不想去。」凱斯說。

「我們放學後會去找小約翰，」克萊兒說：「而且還要回消防局找那個幽靈。」

「我說不要！」凱斯忍不住發火。他現在最不

想做的就是尋找消防局裡的幽靈，小約翰當初就是因為這樣才失蹤的。

「凱斯，」貝奇闔上手中的書，開口說道，「你應該跟那個踏地人一起去上學。你和小約翰分開也不是第一次了，我相信他沒事的。」

他們不懂。他們不可能懂。貝奇沒有家人，而克萊兒從來沒跟家人分開過。他們不懂失去親人後找到他們，然後再度失去的感受。這種感覺比第一次分離還要痛苦。

「我知道你覺得我不懂，」貝奇說：「可是我懂。幾年前我也失去了我的家人。」

「你有家人？」克萊兒大吃一驚。

貝奇板起臉孔，生氣地看著她說，「我當然有家人，每個人都有家人。」

「他們現在在哪裡？發生什麼事了？」凱斯問道。

「他們就跟你的家人一樣，被風吹走了。」貝奇說：「可是我沒有去找他們，也沒有跟一個想開幽靈偵探社來幫助幽靈的踏地女孩做朋友。我只是待在圖書館裡，替自己感到難過。」

克萊兒走到貝奇身邊，「現在還來得及，」她輕聲說道：「你現在就能跟我做朋友，如果你想的話，也可以加入 C&K 幽靈偵探塔樓。」

「我可不這麼認為，」貝奇說：「我這把年紀不行啦。不過，凱斯，你應該跟克萊兒一起去。」這是凱斯第一次聽到貝奇叫克萊兒的名字。

凱斯不得不承認，坐在圖書館裡自怨自艾一點幫助也沒有，而且他和克萊兒還有消防局的案子要

解決。他不希望史帕奇因為幽靈的關係，而嚇得不敢進房間裡。他想找到那個幽靈，要他對史帕奇好一點，小約翰一定也會希望他這麼做的。

「好吧，克萊兒，我跟妳去上學，放學後我們再去消防局看看。」凱斯一邊說，一邊不斷**縮小**……**縮小**……**縮小**……然後飄進水壺裡。

「太好了，」克萊兒把水壺背帶甩到肩上，「晚點見囉，貝奇。」

＊　＊　＊　＊　＊　＊　＊　＊　＊　＊

他們到學校的時候，布莉和阿傑正站在克萊兒的置物櫃旁邊等她。

「猜猜看發生什麼事了？」布莉說。

「什麼事？」克萊兒一邊問，一邊打開置物

櫃，將水壺放在裡頭的架子上。

雙胞胎往後看了一下，接著兩張臉一起湊近克萊兒的臉。「昨天晚上，我爸留在消防局過夜，」布莉壓低聲音說：「他今天早上回家吃早餐的時候，說他晚上看到幽靈了，而且幽靈還跟他說話呢！」

「幽靈說了什麼？」克萊兒問道。

「他說，『叫布莉和阿傑帶克萊兒到消防局來，愈快愈好。』」阿傑回答。

凱斯穿透水壺，飄到他們三人中間。「那個幽靈為什麼要找妳呢？」他問克萊兒。「而且他或她怎麼會知道妳的名字啊？」

「你們爸爸還有說什麼其他有關幽靈的事嗎？」克萊兒問雙胞胎。

「只有說那個幽靈是個小男孩。」阿傑說。

小男孩？凱斯眨眨眼睛。

「我們放學後會去消防局看看。」克萊兒一邊說，一邊關上置物櫃的門。

凱斯飄到克萊兒耳邊說：「小約翰就是小男孩，那個幽靈一定是他，所以他才會知道妳的名字。那個幽靈就是小約翰！」

克萊兒轉彎走進女生廁所，她比比手勢，要凱斯跟著。

凱斯覺得這樣有點好笑，畢竟他又不是女生。可是克萊兒清楚表示要他一起進來，於是他只好跟在後面，趕在門關上之前閃進去。

「那個幽靈有可能是小約翰沒錯，但是你別忘了，消防局裡還有另一個幽靈，一個史帕奇出於某種原因，不喜歡的幽靈。這才是我們一開始去消防局的原因。」

凱斯突然很擔心小約翰，「妳覺得另一個幽靈是壞幽靈嗎？」他問道，「就像妳媽媽小時候遇見的那個一樣？」

克萊兒媽媽在克萊兒這個年紀時，有個名叫茉莉的幽靈朋友。當時圖書館還是公寓大樓，克萊兒的媽媽、凱倫奶奶和茉莉就住在其中一間公寓裡。有一天，一個性格凶惡，名叫安妮的幽靈出現了。

她不但偷走克萊兒媽媽和其他住戶的東西，而且還要茉莉把這些贓物全都變成幽靈物品——她想讓人類嚇到搬出去，這樣她就能獨占整棟公寓大樓了。更可惡的是，安妮居然還把茉莉推出牆外，害她被吸到外面的世界。克萊兒的媽媽從此再也沒見到茉莉了。

要是消防局裡的幽靈跟安妮一樣怎麼辦？

要是小約翰跟一個非常凶惡的幽靈一起待在消防局裡，最後被壞幽靈推出去了怎麼辦？

「我們放學後就去消防局看看。」克萊兒說。

✳ ✳ ✳ ✳ ✳ ✳ ✳ ✳ ✳ ✳ ✳

他們一行人先到布莉和阿傑家接史帕奇。因為史帕奇整個晚上都在消防局裡不斷狂吠、大聲嚎叫，所以今早他們的爸爸就把牠帶回家了。

「為什麼牠會一直狂吠、嚎叫呢？」凱斯在水壺裡問克萊兒，「牠很喜歡小約翰啊，所以一定不會對他叫的……反正不會是那種惡狠狠的叫法就是了。」

克萊兒沒辦法回應他，因為布莉和阿傑就在旁邊。

「汪！汪！」史帕奇一看到他們走進屋子裡，便開心地叫了起來。

「嘿，小傢伙。」阿傑一邊說，一邊拍拍史帕奇的頭。布莉和克萊兒也停下來摸摸牠。

史帕奇開始嗅聞克萊兒的水壺，然後又「汪！汪！」叫了兩聲，同時尾巴搖個不停，甚至還伸出舌頭舔舔水壺。

「嗨，史帕奇。」凱斯對狗狗揮揮手。

「史帕奇一定很渴。」布莉說。

「在那裡，史帕奇。」阿傑指著一個裝滿水的碗說。

可是史帕奇一點也不渴。「汪！汪！」牠叫了幾聲，再度舔起克萊兒的水壺。牠想跟凱斯玩啦！

「史帕奇可以在消防局喝水。」布莉說：「我們走吧，我想知道為什麼幽靈要我們帶克萊兒去那裡，而且還愈快愈好。」她喀噠一聲，將繫繩扣上史帕奇的項圈，接著三人一狗小跑步橫越後院、奔向消防局，就跟昨天一樣。

他們一接近消防局，史帕奇就拉緊繫繩、開始狂吠，不過這次的叫聲一點也不友善。

「汪！汪！汪！」牠的耳朵和尾巴都豎起來了。

阿傑試圖想把史帕奇拉到消防局裡，可是牠卻把腳掌埋在草堆中、堅持不肯進去。「嗷嗚嗚嗚嗚嗚～～～～！」史帕奇大聲嚎叫。

　　「牠到底怎麼了？」布莉問道。

　　凱斯也在疑惑同一件事。「怎麼了，史帕奇？」他從水壺裡問狗狗。

　　史帕奇立刻轉過去舔克萊兒的水壺，然後再度嚎叫：「嗷嗚嗚嗚～～！」

　　現在已經不只是娛樂室的問題了。史帕奇根本不願意踏進消防局半步！

第七章

幽靈
偵測行動

難道那個幽靈現在在車庫裡？會是因為這樣嗎？

雖然凱斯沒辦法從克萊兒的水壺裡看到整座車庫，但還是看得見大部分的範圍——裡面並沒有任何幽靈。

「還是我們帶史帕奇繞到前面好了，看看牠願不願意走大門。」克萊兒提出建議。

「好主意。」布莉說。

他們跑上消防局後方那座碧草如茵的小丘，繞到建築物前方。阿傑推開大門，史帕奇立刻搖著尾巴衝進去、直奔辦公室。牠跑過一張又一張的辦公桌，向所有消防員打招呼。

「怪了。」雙胞胎異口同聲地說。

「什麼怪了？」迪克問道。「是在說你們兩個同時說出同樣的話之類的雙胞胎默契嗎？」

「才不是呢！」布莉說。與此同時，凱斯穿透水壺、膨脹成原來的大小。

「你知道史帕奇不願意進娛樂室對吧？」阿傑對爸爸說，「牠剛才在後門也是一樣。牠不想進車庫。我們還以為牠可能再也不願意走進消防局了，不過很顯然牠不介意從大門進來。」

「一隻不願意進消防局的狗，」大衛笑著說：

「這個消防局吉祥物還真有趣哩！」

幾個消防員點點頭表示贊同。

「我們來看看牠願不願意從消防局裡面走進車庫。」阿傑一邊說，一邊走向後面的走廊。「來吧，史帕奇！」

其實凱斯比較想去找小約翰，但他最後還是跟著史帕奇、阿傑、布莉和克萊兒一起沿著走廊前進。他們來到通往車庫的門前方，阿傑拉開了門。

史帕奇卻坐了下來，發出一聲低沉的咆哮。

阿傑讓門敞開，布莉則走過去站在樓梯平檯，然後轉過身來，拍拍自己的腿說：「來這裡呀，史帕奇！」

阿傑從後面輕輕推史帕奇，想把牠推到門口，但史帕奇還是拒絕前進。「嗷嗚嗚嗚嗚

嗚～～！」牠放聲嚎叫。

「你們在這裡呀！」小約翰從他們身後的走廊飄過來，對凱斯和克萊兒打招呼。

「小約翰！」凱斯大叫。他快速飄向弟弟，給他一個大擁抱。「你在這裡，沒有在外面隨風飄蕩！你安全了！」

史帕奇搖著尾巴，朝小約翰飛撲過來。

「現在那隻狗又在玩什麼把戲啊？」布莉問道，「他怎麼突然變得這麼興奮？」

　　「我當然沒有在外面隨風飄蕩啊，」小約翰說：「你很擔心嗎，凱斯？昨天晚上我有跟那些消防員說，請他們告訴你我在這裡。」

　　「我知道，可是我們一直到今天早上才收到這個訊息，」凱斯終於放開緊抱著小約翰的雙手，「而且也不確定是不是你。」

　　「不是我，還會有誰？還會有其他人說要找克萊兒嗎？」小約翰一邊問，一邊試著摸摸史帕奇，但史帕奇直接穿透了他的手。

　　「你到底跑哪去了？」凱斯反問：「我最後一次看到你是在火災警報響的時候，那時你人在消防車裡；可是消防車一回來，你卻不見了。」

「我那個時候還在消防車裡呀，」小約翰說：「因為我很怕自己會在消防員打開車門時被吸出去，所以就縮小身體，躲在置物箱裡。我不確定什麼時候才安全，於是就躲了好久好久。等我出來的時候，消防車已經停在車庫裡了，而且那時是半夜，大家都走光了。」

「躲在置物箱裡真是個聰明的主意啊！」凱斯稱讚。

「我知道呀！」小約翰說。

「我好開心，我們終於找到你了！」克萊兒不小心脫口而出。

「妳在跟誰說話啊，克萊兒？」阿傑問道。

「是那個幽靈嗎？」布莉追問。

「呃……對。」克萊兒飛快地回答，「我先把

裝備拿出來，這樣就能抓到他了。」她拉開背包拉鍊，拿出幽靈偵測鏡和幽靈捕手，接著把這兩樣工具對準小約翰。

凱斯倒抽了一口氣，「不行！」他放聲大叫，迅速飄到克萊兒和小約翰中間，「妳不能把我弟吸進那個機器裡！」克萊兒的幽靈捕手其實只是個用鋁箔紙包覆住的手持式吸塵器；雖然她還沒打開開關，但凱斯知道那機器很大聲，而且吸力很強，比任何一陣外面的風都還要強、還要可怕。

「放輕鬆，凱斯，我們只要待在克萊兒的水壺裡就安全啦。」小約翰說。

哦，對喔。凱斯心想。畢竟克萊兒從來沒有打算要用幽靈捕手抓住任何幽靈的意思，她只是需要一些工具，讓其他踏地人覺得她會抓幽靈而已。

凱斯和小約翰開始**縮小……縮小……縮小……**，然後穿透克萊兒的水壺。等到兄弟倆安全進入水壺，克萊兒就按下幽靈捕手的開關。一陣可怕的噪音從機器裡傳了出來。

克萊兒將幽靈捕手瞄準廣播室對面那片牆，雙胞胎則睜大眼睛、一臉驚奇地注視著她。

「抓到了。」克萊兒一邊說，一邊關掉幽靈捕手。

幾個聽見噪音的消防員朝他們跑了過來。

「發生什麼事了？你們幾個孩子在幹嘛啊？」迪克問道。

「克萊兒抓到消防局裡的幽靈了！」布莉說。

「他在這裡面。」克萊兒舉起幽靈捕手說。

「呃……妳應該知道凱斯和我不是這裡唯二的幽靈吧。」小約翰在水壺裡說。

凱斯好奇地看著小約翰。他想問有關另一個幽靈的事，不過還來不及開口，其中一個消防員就說：「所以，半夜再也不會出現嗚咽和呻吟聲了？」

「晚上再也不會有人拉開我們身上的毯子了？」另一個消防員接著問。

「史帕奇願意進車庫和娛樂室了？」迪克說。

「我們試試看就知道了。」布莉說。她轉身走進車庫，把門打開，「這裡，史帕奇！快過來呀，小傢伙！」

阿傑抓著史帕奇的項圈，試著引導牠走進車庫，可是史帕奇卻撲通一聲、一屁股坐在地上，動也不肯動。

「也許牠不知道幽靈已經走了？」布莉說。

「或是，也許這裡還有另一個幽靈。」克萊兒說道。

「這裡真的還有另一個幽靈。一個男的！」小約翰一邊說，一邊穿越水壺，開始膨脹回原來的大小。凱斯也照做。

「你有看到他嗎，小約翰？」凱斯問道，「你有跟他說話嗎？」

「我有看到他，可是沒有跟他講話。我太……太害怕了，所以不敢跟他交談。」小約翰承認道。

「你害怕？」凱斯目瞪口呆地看著弟弟。小約翰天不怕、地不怕，他的字典裡根本沒有「怕」這個字。

「他的體型很高大，」小約翰說：「非常高大！」他又開始膨脹，想讓哥哥看看那個幽靈到底有多巨大。「而且他還一邊大聲嗚咽，一邊砰砰砰的猛敲東西，聽起來很生氣的樣子。可能就是因為這樣，史帕奇才不喜歡他吧。」

「我跟你們說，昨晚的砰砰聲和哐啷聲真的多到數不清，要說有兩個幽靈我也信。」迪克說。

「我也覺得應該不只一個幽靈，」湯姆附和道，「昨天晚上的嗚咽和呻吟聲根本沒斷過。」

「真的嗎？」大衛說：「我睡得很好耶。」

「你真的是個熟睡的人，」迪克說：「我很訝異火災警報響的時候你居然醒得過來。」

「或許我們這個週末全都應該留在消防局裡過夜，」布莉說：「克萊兒也是。這樣假如真的有另一個幽靈，她就能把他抓起來了！」

第八章

夜守消防局

「**在**消防局過夜？聽起來很好玩耶。」克萊兒的媽媽說。

「那我可以去嗎？」克萊兒問道。

「當然可以。」克萊兒媽媽回答。

「我希望妳能找到消防局裡的幽靈，」克萊兒爸爸說：「而且我也很高興妳找到另一個幽靈了，就是走丟的那個。」

「我……才沒有……走丟……

我……一直……都知道……自己……在哪裡……」小約翰用哭嚎聲說。

「是，嗯……」克萊兒爸爸不知道該說什麼，只好一直微笑。凱斯覺得，克萊兒的爸爸還在適應「圖書館裡有幽靈」這件事，他還在消化「幽靈確實存在」的事實。

「真可惜，你沒有跟消防局裡的幽靈講到話。」凱斯在克萊兒打包時對小約翰說。

「我不是跟你說過了，他很大，而且很恐怖。」小約翰揉揉科斯莫的肚子說。

「那個幽靈有看到你嗎？」克萊兒問小約翰，「他知道你在那裡嗎？」

「我不知道耶，」小約翰回答，「那時候我正在看電視，然後聽見他的嗚咽和呻吟聲從走廊傳過

來，而且他好像一直搖搖晃晃的樣子。像這樣。」

他舉起雙手左右搖擺、蹣跚地走了幾步。「他的體

型真的很——高大。我太害怕，所以就躲起來了。

我只有晚上才看到他，白天他沒有出現。」

克萊兒拉起行李袋的拉鍊，自信地說：「嗯，我不怕。凱斯也不怕。」

　　「呃……」凱斯支支吾吾，說不出話來。克萊兒說的不完全是事實。

　　「你們準備好了嗎？」克萊兒舉起水壺問道。

　　小約翰往後退了幾步，然後說：「我想我今天晚上還是留在這裡跟貝奇和科斯莫作伴好了。」

　　「真的？」凱斯說。如果小約翰這麼怕那個幽靈，甚至怕到不想去消防局，那他是不是也不要去比較好？

　　「你們才是偵探啊，我又不是。」小約翰聳聳肩。

　　這倒是真的。凱斯和克萊兒是一個團隊，不管怕不怕，他都得跟她一起去才行。於是他開始

縮小……**縮小**……縮……然後鑽進水壺裡。

克萊兒拿起過夜用的行李袋、偵探背包和水壺，然後跟凱斯一起出發、前往消防局。

克萊兒抵達的時候，布莉、阿傑和史帕奇已經在大門口等她了。

「嗨，克萊兒！」雙胞胎打了聲招呼。

「汪！汪！」史帕奇直起後腿，不停嗅著克萊兒的水壺。

「我真搞不懂牠為什麼這麼喜歡妳的水壺。」布莉笑著說。

克萊兒和凱斯兩人對看了一眼，咧嘴而笑。史帕奇喜歡的不是水壺，而是水壺裡的東西，更確切地說，是水壺裡的幽靈。

「嗨，史帕奇！」凱斯說道。他真希望自己有帶科斯莫來，史帕奇和科斯莫搞不好會玩得很開心呢！

「史帕奇還是不願意從車庫那裡走進消防局。」阿傑一邊說，一邊打開大門。史帕奇立刻衝了進去。

「而且牠也還是不願意進娛樂室，」布莉補充。「所以我想幽靈應該還在這裡。」

後方的辦公室裡只亮著一盞燈，星期五晚上沒有人留在辦公室工作。

克萊兒把包包放在椅子上。「我們來看看找不找得到幽靈吧。」她一邊說，一邊拿出幽靈偵測鏡和幽靈捕手。

凱斯穿透水壺，膨脹成原來的大小。

「汪！汪！」史帕奇立刻飛撲過去舔凱斯，但牠的舌頭直接穿過他的身體。

「注意你的舌頭，史帕奇！」凱斯在克萊兒一行人在走廊上移動時說。他努力飄浮，想快點趕上他們。

史帕奇一直黏在凱斯身邊。

迪克和大衛兩人正在娛樂室裡休息。「嗨，孩子們！」他們向走進來的布莉、阿傑和克萊兒打招呼。凱斯飄到他們後面，但史帕奇卻趴在門口，發出狗狗的呻吟聲。

「嗨，老爸。」布莉說：「我們在找幽靈。」

「很好，希望你們順利找到喔。」迪克說。

兩位消防員繼續看電視。克萊兒一手拿著幽靈偵測鏡，另一手拿著幽靈捕手，在房間裡慢慢地走

來走去。但是她和凱斯都沒有看到幽靈。

「我們可以檢查一下消防局其他地方嗎？」克萊兒問雙胞胎。

「沒問題。」阿傑說。

他們檢查了廚房和睡覺用的休息室，接著從窗

戶外仔細看著廣播室。史帕奇小跑步跟在他們旁邊。一切看起來都井然有序，不過，他們一打開那扇通往車庫的門，史帕奇就坐在地上開始嚎叫：

「嗷嗚嗚嗚嗚嗚 ─ ！」

克萊兒咬緊下唇，阿傑則抓抓頭。

「幽靈是不是在車庫裡？」布莉問史帕奇。

「嗷嗷嗷嗚嗚嗚嗚嗚 ─ ！」史帕奇放聲嚎叫。

「我們去看看吧。」克萊兒一邊說，一邊開門。她和雙胞胎走進車庫，腳步咚咚咚的下樓。凱斯飄在他們後面。

史帕奇還是待在消防局裡不肯出來。

車庫裡所有門都關上了，因此凱斯可以自由自在地飄來飄去。克萊兒在車庫中搜尋幽靈的蹤影，

凱斯則負責檢查消防車和櫃子。

還是沒有幽靈。

「我覺得幽靈不在這裡，」布莉說：「我們回去裡面吧，也許會在晚上看到什麼喔！」

「好啊，我也餓了，」阿傑說：「我們去吃點東西吧。」

孩子們在迪克的協助下烤了一些冷凍披薩，爆了一點爆米花。他們帶著點心走進娛樂室，跟消防員一起看電影。

史帕奇待在門口，用悲傷的眼神望著他們。

電影結束，是時候該上床睡覺了。大家終於從娛樂室裡走出來的那一刻，史帕奇開心得不斷搖尾巴，到處蹦蹦跳跳。

克萊兒和布莉在其中一間臥室鋪了床；阿傑在

另一間房間用睡袋打地鋪，跟他爸爸和大衛一起睡；史帕奇則在這兩間房裡穿梭，不斷走來走去。

「牠不知道要睡哪裡！」布莉說。

「牠居然不介意待在房間裡，這倒是滿有趣的。」克萊兒說。

「怎麼說？」布莉問道。

「消防員不是說幽靈會在晚上吵醒他們嗎？」克萊兒回答。「而且還會偷毯子。如果史帕奇不喜

歡進去那些牠曾經看到幽靈的房間，我以為牠也會不願意進來臥室。」

「或許牠從來沒有在臥室裡看見幽靈？」布莉說。

「大概吧。」克萊兒回應。「可是這真的很奇怪，妳不覺得嗎？」

「不知道耶。」布莉聳聳肩。

凱斯同意克萊兒的說法，這真的很奇怪。

晚上十點半，大家都熄燈準備睡覺了。史帕奇一定很累，因為牠蜷縮在阿傑身邊的地板上，一下子就睡著了。

趁地人睡覺的時候，凱斯就在消防局裡四處遊蕩，尋找幽靈的蹤影。

「哈囉？」他每隔一段時間就放聲大叫：「幽

靈，你在哪裡？」

唯一跟凱斯一樣醒著的人，是在廣播室裡值班的人。這次是個男人。他正在看書，前方的電腦螢幕一片漆黑。

這一夜，消防局裡非常寧靜。

凱斯回到克萊兒和布莉睡覺的房間，結果發現克萊兒身上的毯子不見了。整條都不見了。**毯子跑哪去了？**凱斯心想。

他瞄了布莉一眼。當他的眼神落在布莉身上那瞬間，原本蓋在她身上的毯子開始移動。有人，或是有什麼東西正躲在床底下……把毯子從她身上**拉一**走。

凱斯即將遇見消防局裡的幽靈了嗎？

第九章

床底下有什麼?

凱斯在克萊兒上方盤旋,靜靜地看,靜靜地等待。

「**喔喔喔喔喔——**」

一陣嗚咽聲劃破寧靜的夜,可是那個聲音不是從布莉床底下傳出來的,而是來自消防局的某個地方。

凱斯仔細查看走廊外面,沒有看到幽靈。

不過他聽到了「**喔喔喔喔喔——**」的嗚咽聲。

布莉從床上彈跳起來驚聲道：「什麼事？」

「怎麼啦？」克萊兒睡眼惺忪地說：「那是什麼聲音啊？」她抬起頭，然後立刻坐起來，打了個寒顫，「呼，好冷喔。」

「對啊，」布莉雙手環抱自己，將聲音壓低悄悄說道，「我覺得幽靈在這裡。」

「他在布莉的床底下，」凱斯說：「我看到他把布莉的毯子拉走了，他現在在另一個房間裡。」

他該不會把她們的毯子帶走了吧？凱斯心想。

布莉伸出手，打開桌燈。

「我的毯子在地上。」克萊兒說。她把毯子撿起來，裹住肩膀。

「哦！我的也是！」布莉說。她試著想拿起毯

子，可是完全沒辦法。她的床底下有人，或是有什麼東西正用力地把毯子拉回去。

　　布莉倒抽了一口氣。「幽靈就在我床底下！」她放開毯子，大聲叫了起來，然後飛快地躲到遠處的床角縮成一團。

　　凱斯皺皺眉頭。大部分幽靈是可以拿起像毯子這樣的踏地物品沒錯，可是，假如有個踏地人跟布莉一樣拉那個物品，幽靈手中的物品就會立刻被抽走。踏地人的力氣比幽靈大多了。

「來看看幽靈的廬山真面目吧。」克萊兒說。

布莉坐在床上，雙手抱膝，躲得更遠了。

克萊兒裹著毯子走下床，跪在地板上，仔細觀察布莉的床底。當她抬起頭的時候，她臉上綻出一個微笑，接著哈哈大笑起來。

「幹嘛？」布莉一臉生氣地看著克萊兒。「是什麼這麼好笑？」

「妳自己來看。」克萊兒說。

布莉猶豫了一下，接著趴在床上、努力俯身彎下腰，想看看床底下到底有什麼東西。

凱斯也飄下來偷瞄了一眼。

史帕奇正蜷縮在布莉的床底下。

「史帕奇！」布莉放聲大笑。「快出來，把毯子還給我！」她又扯了幾下毯子。

史帕奇離開壓在身下的毯子，從床底爬出來，對凱斯搖搖尾巴。

凱斯試著摸摸史帕奇，可是他的手直接穿透牠的身體。

「現在我們知道是誰在半夜偷毯子了。」布莉看著史帕奇說。

「是沒錯，但我們還是不知道史帕奇為什麼不願意走進車庫和娛樂室，」克萊兒停頓了一下，然

後歪著頭，貼近房門。「而且也不知道是誰在呻吟。妳有聽到嗎？」

「**喔喔喔喔喔**——」嗚咽聲再度出現。

布莉點點頭。她和克萊兒走到門口，兩人一起探出頭，望著轉角；凱斯則在她們上方盤旋。

這一次，她們看到牆壁上有個巨大的黑影正沿著走廊移動。

「那肯定就是幽靈了。」布莉低聲說。

「走廊上有電燈開關嗎？」克萊兒小聲地問。

「有，就在這裡。」布莉輕聲回答。她按下開關，黑影瞬間消失在亮光裡，但走廊上依然飄著陣陣嗚咽聲：「**喔喔喔喔喔**——」

「妳需不需要拿幽靈偵測裝備啊？」布莉問克

萊兒。

「不知道耶，」克萊兒說：「我覺得那聽起來不像幽靈的嗚咽聲。」

凱斯也覺得那聲音聽起來不太像幽靈。

「我們跟著聲音走好了。」克萊兒說。她們躡手躡腳地沿著走廊前進。嗚咽聲愈來愈大、愈來愈大，聽起來好像是從廚房裡傳出來的。

史帕奇飛也似地衝進廚房；與此同時，迪克和阿傑也跟在布莉和克萊兒後面來到走廊。

「那些嗚咽聲到底是怎麼回事啊？」迪克一邊說，一邊揉著脖子。

「妳們也聽到了嗎？」阿傑問道。

「汪！汪！」廚房傳來史帕奇的叫聲，不過那是很興奮的叫聲，不是生氣或害怕的叫聲。

他們走進廚房，發現大衛正搖搖晃晃地到處亂走，嘴巴裡還不斷發出嗚咽聲。他的眼睛張得好大，臉上的表情很有趣，好像他完全看不見東西似的。史帕奇就在他旁邊搖著尾巴。

　　「大衛？」迪克一邊說，一邊走向他。

　　「他怎麼啦？」布莉問道。

「沒事，他在夢遊啦。」迪克笑著說，然後抓著大衛的手臂，輕輕地搖了一下。

大衛眨眨眼睛，身體猛然往後抖了一下。「怎麼啦？發生什麼事了？」他疑惑地問道。「我在廚房裡幹嘛啊？」

「你在夢遊啦。」迪克說。

「真的嗎？」大衛打了一個哈欠。

「還有呻吟，」布莉對大衛說：「很大聲。」

「真的嗎？」大衛又問了一次。

「我覺得他不是在呻吟，」迪克說：「只是在說夢話罷了。不過聽起來確實很像呻吟沒錯。」

「你夢見了什麼啊？」阿傑問道。

「我不知道，」大衛一邊說，一邊打哈欠伸懶腰。「不記得了。」

「你就是那個大半夜不斷發出嗚咽和呻吟，而且還一直猛敲東西的幽靈！」迪克對大衛說：「難怪你從來沒聽見那些怪聲，因為是你發出來的！」

「所以我們消防局裡根本就沒有幽靈囉？」大衛問道。

「不確定耶，」克萊兒說：「我覺得應該沒有。不過我們還是不知道史帕奇為什麼不肯進去車庫和娛樂室。」

要是史帕奇能告訴他們，到底是什麼讓牠這麼煩躁就好了。

就在這個時候，火災警報響了。消防局裡頓時燈火通明。

「*嗷嗚嗚嗚嗚嗚 ── ！*」史帕奇大聲嚎叫起來。

第十章

幫幫史帕奇

「**有**火災！」大衛高喊。刺耳的警報聲包圍著他們，三個孩子紛紛退到牆邊，讓出一條路，迪克和大衛則像閃電般快速奔向車庫。他們聽見車庫大門轟隆隆的打開，警笛聲也響了起來。

「快點，」阿傑在警報聲中奮力吶喊，「我們可以從大門那裡看消防車！」

克萊兒、布莉和凱斯跟著阿傑穿過走廊。他們

擠在玻璃門前方，看著第一輛消防車駛出車庫、呼嘯而過。史帕奇則坐在他們後面不斷嚎叫。

愈來愈多消防員衝進局裡。

「他們怎麼有辦法這麼快就趕過來啊？」克萊兒摀著耳朵大聲問道。

「大部分消防員都住在附近，就跟我們家一樣。」布莉解釋。

接下來短短幾分鐘裡，就有另外兩台消防車閃著亮光，鳴著警笛，快速開出車庫。車庫大門開始緩緩下降，消防局裡的一切再度歸於平靜。

「我的耳朵還在鈴鈴響。」克萊兒揉揉右耳說道。

凱斯的耳朵也在鈴鈴響。

「火災警報之所以這麼大聲，」阿傑說：「是

因為要在晚上叫醒消防員才行。」

「說到晚上，」布莉打了個哈欠，「我們是不是該回房間睡覺了？」

「我又餓了，」阿傑說：「我想先吃點點心。有人想吃點心嗎？」

「好啊。」克萊兒回答，然後看了一下雙胞胎，又說：「嘿，你們兩個穿一樣的睡衣耶。這也是雙胞胎默契嗎？」

「不是，」布莉沒好氣地回答，「是媽媽的傑作。」

他們一行人越過走廊，走進廚房，凱斯跟在他們後面飄呀飄的。

這時，史帕奇在廚房門口停下腳步，坐了下來，然後開始嚎叫：「嗷嗚嗚嗚嗚嗚

～！嗷嗷嗷嗚嗚嗚嗚嗚～！」

大家全都轉過去看著牠。

「怎麼了，史帕奇？」阿傑問道。

「牠現在也不敢進廚房了嗎？」克萊兒說。

「我不知道耶。」布莉說：「來這裡，史帕奇。」她拍拍自己的腿。

「來吧，史帕奇！」阿傑鼓勵地說。

就連凱斯也試著哄史帕奇進廚房。「來吧，史帕奇，跟著我。」他往回飄到史帕奇身邊，轉了幾圈，然後在廚房門口盤旋。「我還會讓你穿過我的身體喔，我知道你最喜歡穿過幽靈的身體了。」

史帕奇依然坐在原地一動也不動。「嗷嗚嗚嗚嗚嗚～！嗷嗷嗷嗚嗚嗚嗚嗚～！」牠又叫了起來。

阿傑嘆了一口氣說：「牠十分鐘前還敢進來的啊，這十分鐘裡到底發生了什麼事，讓他變得再也不想進廚房了？」

「火災警報！」凱斯和克萊兒異口同聲地說。

「是嗎？」布莉問克萊兒。「所以這就是史帕奇不願意走進消防局某個房間的原因？因為最近在那些房間裡聽見火災警報？」

「上次火災警報響的時候，牠正好在車庫裡，」克萊兒說：「還記得嗎？後來牠就跑出去了！」

凱斯以為史帕奇是因為要追消防車才跑出去的，看來真正的原因可能是因為牠不喜歡警報聲。

「動物的耳朵是很敏感的。」克萊兒補充。

「妳知道嗎，」布莉輕輕地敲著下巴說，「既

然妳提到這一點，我就想起有一次我跟史帕奇一起遇到火災警報的時候，那天我們就是待在娛樂室裡。」

「我敢說一定是這個原因沒錯，」阿傑說：「火災警報聲讓牠覺得耳朵很痛、很難受，所以牠才不想進去那些曾聽到警報聲的房間裡。」

「我們該怎麼辦呢？這裡是消防局耶，一定會有火災警報聲啊。」布莉問道。

「我們圖書館裡有很多關於狗狗的書，」克萊兒說：「或許能從書本裡找到什麼方法也說不定。」

「嗯，或許喔。」布莉說。

＊　＊　＊　＊　＊　＊　＊　＊　＊　＊　＊　＊

第二天早上，布莉和阿傑陪克萊兒一起走回圖

書館，順便翻閱一下有關狗狗的書。

「你們要找的書大多集中在這一帶。」凱倫奶奶指著非文學圖書室裡的幾座書架說。

「謝謝外婆！」克萊兒一邊道謝，一邊從架上抽出好幾本書。她跪在地板上，布莉和阿傑在她旁邊撲通一聲坐了下來。

他們三人各自選了一本書開始讀，凱斯則在上方盤旋，靜靜地看著他們。

過了不久，布莉率先開口：「這本書說，假如狗狗對巨大的噪音感到害怕，就不能在噪音出現的時候安撫牠。」

「我這本也是。」阿傑附和道。「書上說，如果你安撫狗狗，牠就會認為你在讚揚牠表現出恐懼。所以最好還是在噪音出現時試著陪牠玩，或是

給牠食物讓牠分心。」

「我這本有提到，要是狗狗害怕雷聲的話該怎麼做，」克萊兒說：「火災警報有點像打雷，你永遠不知道什麼時候會出現。」

「書上怎麼說？」布莉越過克萊兒的肩膀往下看。

「上面說，把雷聲錄下來，然後在跟狗狗玩的時候，以非常小聲的音量播放雷聲，」克萊兒唸道，「下次播的時候，再把音量調大一點。這個方法可能需要花點時間，但是狗狗最後不但會習慣這個聲音，同時也會知道，只要一聽見可怕的聲響，就會有好事發生。不過飼主一定要小心，不要加深狗狗的恐懼。」

「我們試試這個方法吧，」阿傑說：「可以先

把警報聲錄下來，然後再播給史帕奇聽。」

　　「或許我們也該跟獸醫談談才對。」布莉一邊說，一邊把擱在大腿上的書闔起來。「謝啦，克萊兒！謝謝妳解決了我們的案子！」

　　「我很開心能幫得上忙。」克萊兒說。

　　「*我……也是……*」凱斯發出哭嚎聲。

阿傑的下巴都快掉下來了。

　　「是誰在說話？」布莉東張西望，疑惑地問道。

　　克萊兒飛快地看了凱斯一眼，然後帶著甜甜的微笑對布莉說：「有嗎？」

「妳沒聽到嗎？」阿傑問：「聽起來好像有人在說『我也是。』」

布莉點點頭。

「又是什麼雙胞胎默契吧。」克萊兒聳聳肩。

布莉和阿傑兩人互相瞄了對方一眼，然後異口同聲地說：「一定是。」雖然他們看起來還是不太相信的樣子。

凱斯一點也不在意。他覺得很高興，因為他們終於解開了消防局幽靈的謎團，而且小約翰最後安全回來，並沒有真的失蹤。話雖如此，他心裡還是很希望，要是這些案子能帶他找到爸爸、媽媽或芬恩就好了。

也許下一次吧……

國家圖書館出版品預行編目資料

鬧鬼圖書館6：打火英雄 / 桃莉‧希列斯塔‧巴特勒（Dori Hillestad Butler）作；奧蘿‧戴門特（Aurore Damant）繪；郭庭瑄譯. -- 臺中市：晨星, 2018.08

冊；　公分.--（蘋果文庫；98）

譯自：The Ghost at the Fire Station #6 (The Haunted Library)

ISBN 978-986-443-467-1（第6冊：平裝）

874.59　　　　　　　　　　　　　　107008545

掃描填寫線上回函，
馬上獲得晨星網路書店
50元購書金

蘋果文庫 98

鬧鬼圖書館 6：打火英雄
The Ghost at the Fire Station #6 (The Haunted Library)

作者｜桃莉‧希列斯塔‧巴特勒（Dori Hillestad Butler）
譯者｜郭庭瑄
繪者｜奧蘿‧戴門特（Aurore Damant）

責任編輯｜呂曉婕
封面設計｜伍迺儀
美術設計｜張蘊方
文字校對｜呂曉婕、陳品璇
詞彙發想｜亞嘎（踏地人、靈靈棲）、郭庭瑄（靈變）

創辦人｜陳銘民
發行所｜晨星出版有限公司
行政院新聞局局版台業字第2500號
總經銷｜知己圖書股份有限公司
地址｜台北 106台北市大安區辛亥路一段30號9樓
TEL：(02)23672044 / 23672047　FAX：(02)23635741
台中 407台中市西屯區工業30路1號1樓
TEL：(04)23595819　FAX：(04)23595493
E-mail｜service@morningstar.com.tw
晨星網路書店｜www.morningstar.com.tw
法律顧問｜陳思成律師
郵政劃撥｜15060393（知己圖書股份有限公司）
讀者專線｜04-2359-5819#230
印刷｜上好印刷股份有限公司
出版日期｜2018年8月20日
再版日期｜2021年1月15日（二刷）

定價｜新台幣160元
ISBN 978-986-443-467-1

This edition published by arrangement with Penguin Workshop, an imprint of Penguin Young Readers Group, a division of Penguin Random House LLC.
The Ghost at the Fire Station #6 (The Haunted Library)
Text copyright © Dori Hillestad Butler 2015
Illustrations copyright © Aurore Damant 2015
Complex Chinese edition copyright © 2018 MORNING STAR PUBLISHING INC.
The author/illustrator asserts the moral right to be identified as the author/illustrator of this work.